U0539263

魔法少女小娜（3）

小娜的家人──那時的故事

文／圖　Kisana

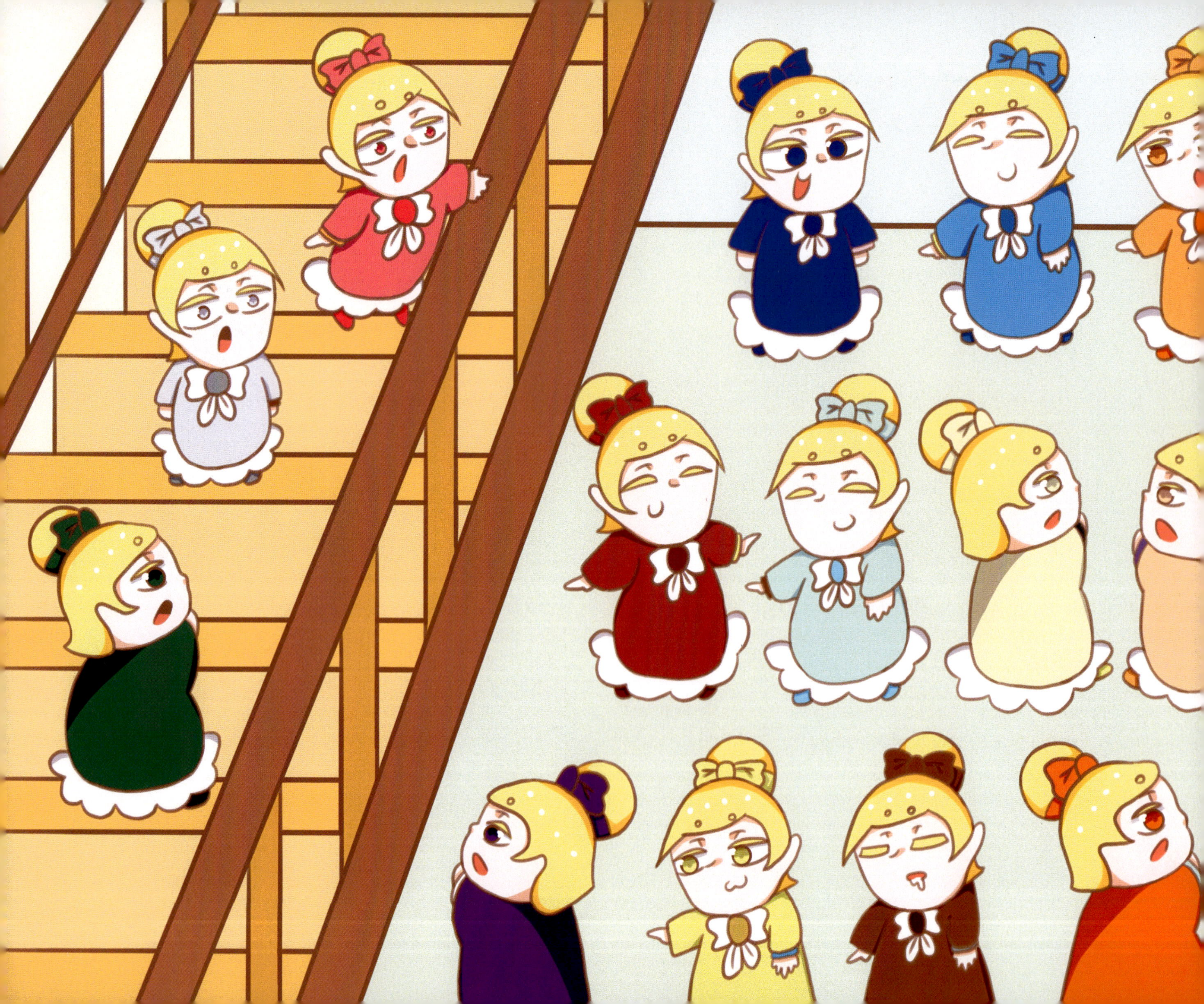

小娜的外婆在說神奇的故事。

小娜的外婆為了大家,從前就必須穿白色衣服。

醫生都無法幫助她。

有天她遇見了姊姊。

姊姊讓她想想別的事情。

太陽上的神
是光是人變成的。

太陽神的活力來自太陽來自光。

太陽神需要住在太陽,或特別的手環才能生活。

太陽神如果沒了太陽，
並住在了特別的手環裡，
就還是可以使用太陽的力量。

小娜的家人決定
好好想想姊姊說的事情。

姊姊和他們說再見。

小娜的家人結婚了!

小娜的家人用科學生了小娜的媽媽奇蒂娜！

奇蒂娜成為了科學家!

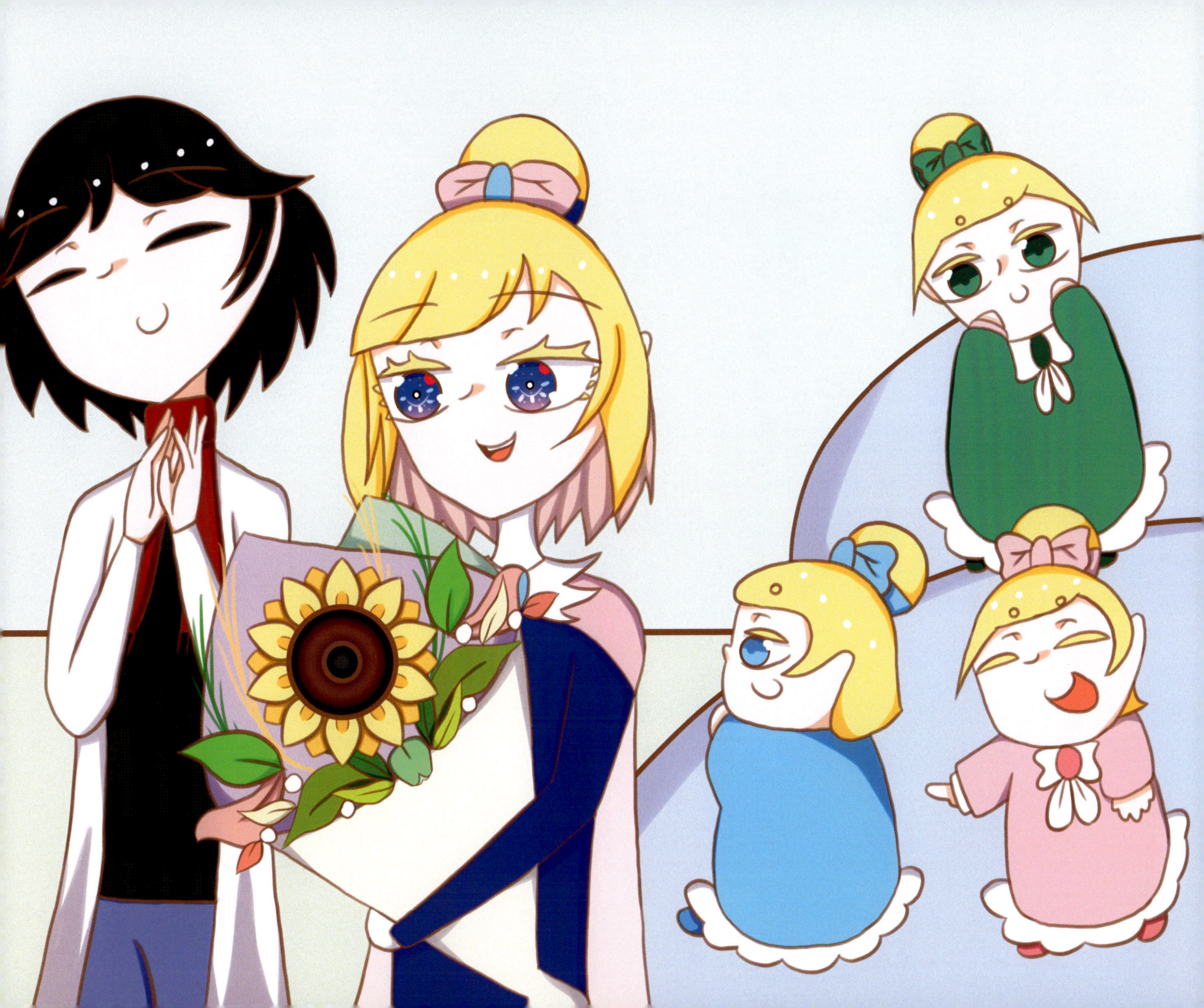

小娜的家人想要去探索世界！

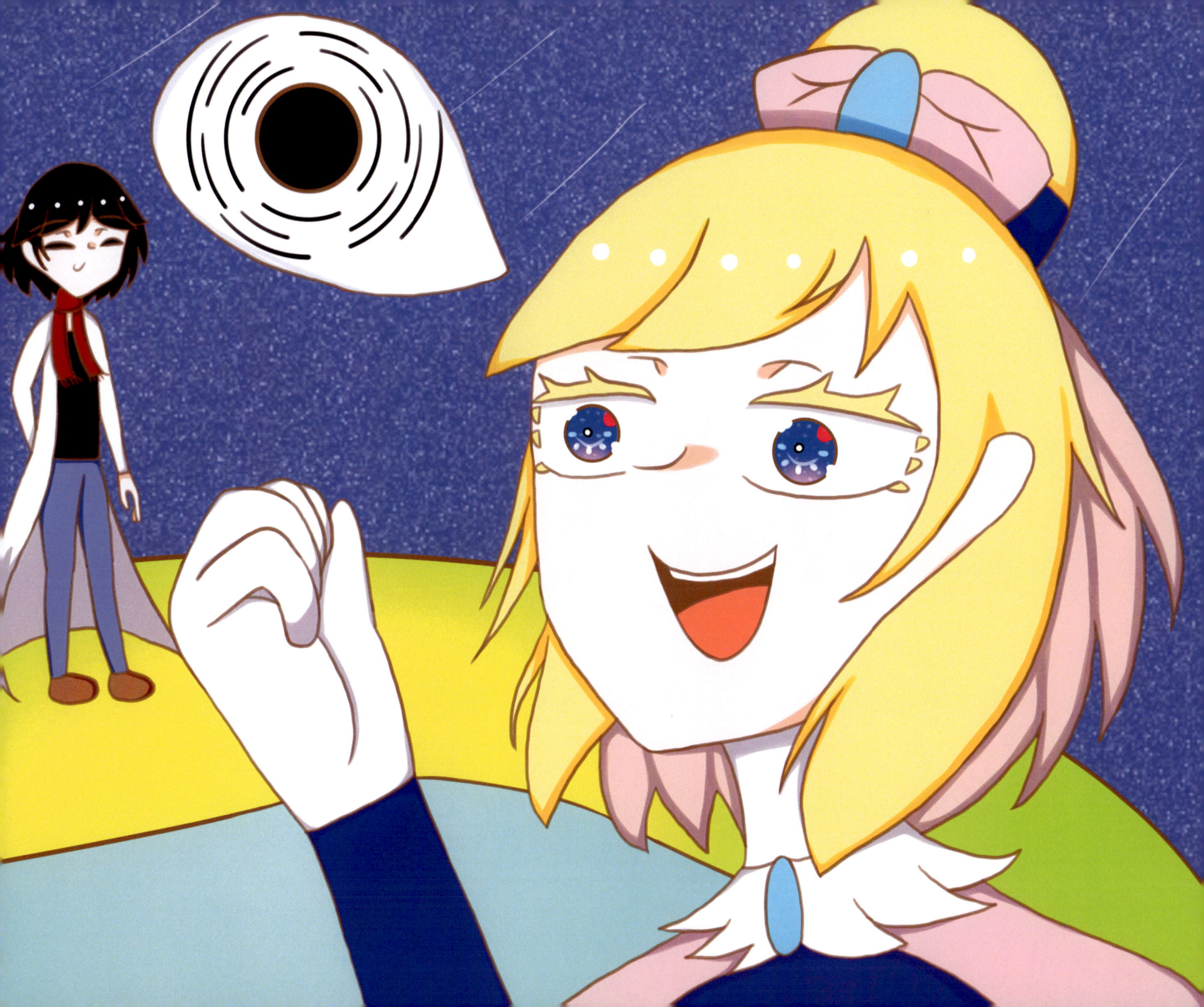

小娜的家人决定去太空旅行！

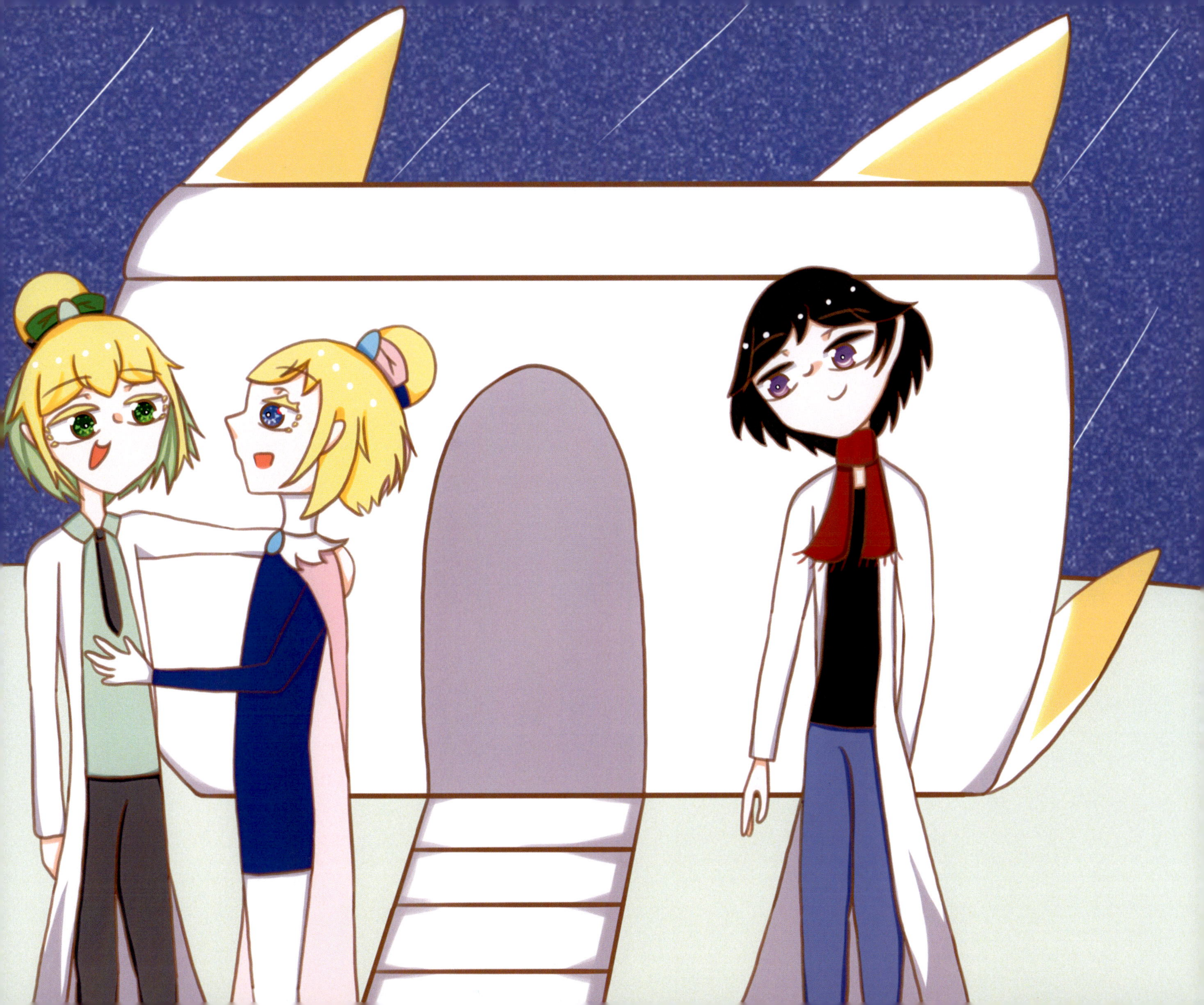

小娜和家人們一起去探險了！

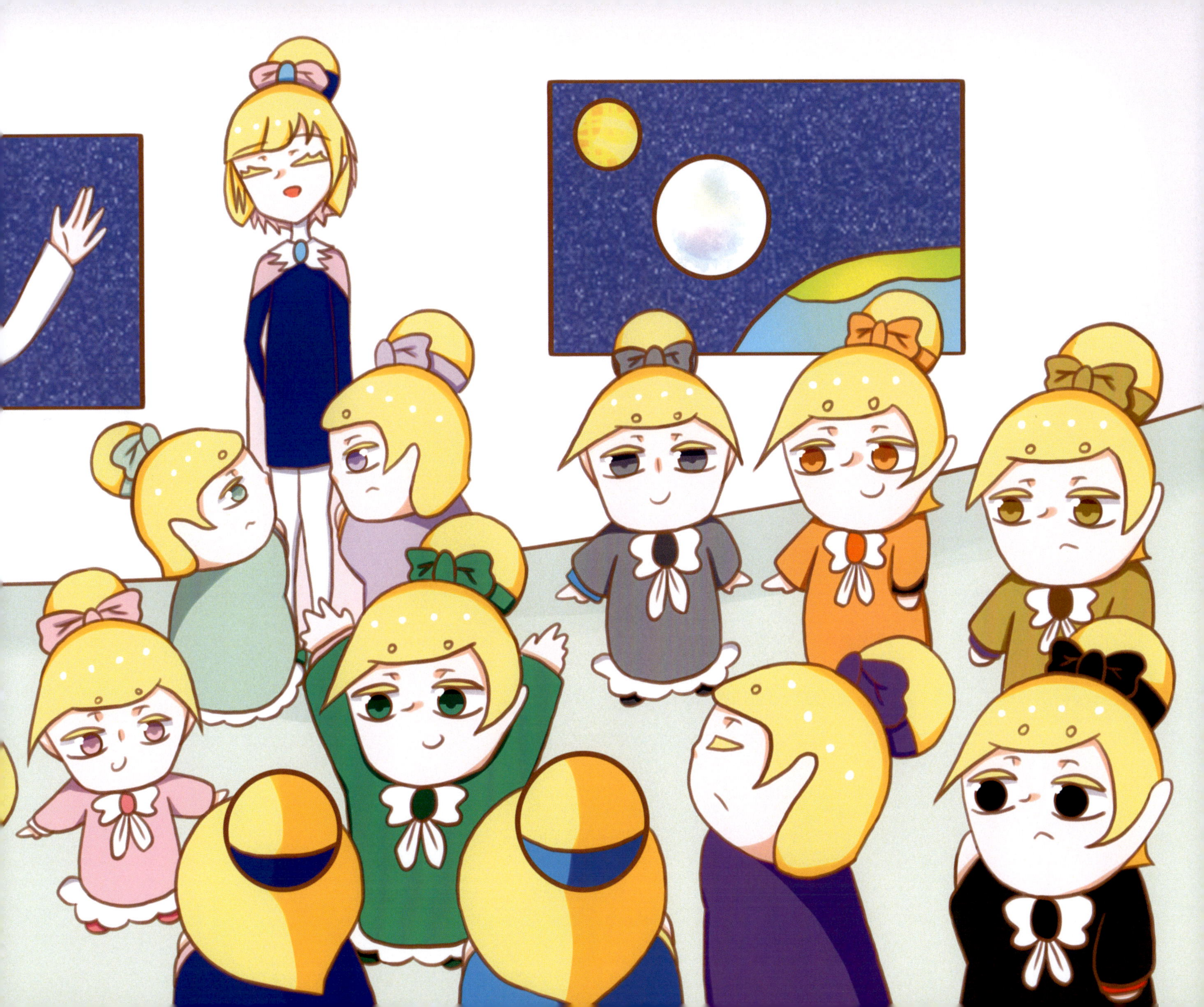

小娜知道了世界上有時空神！

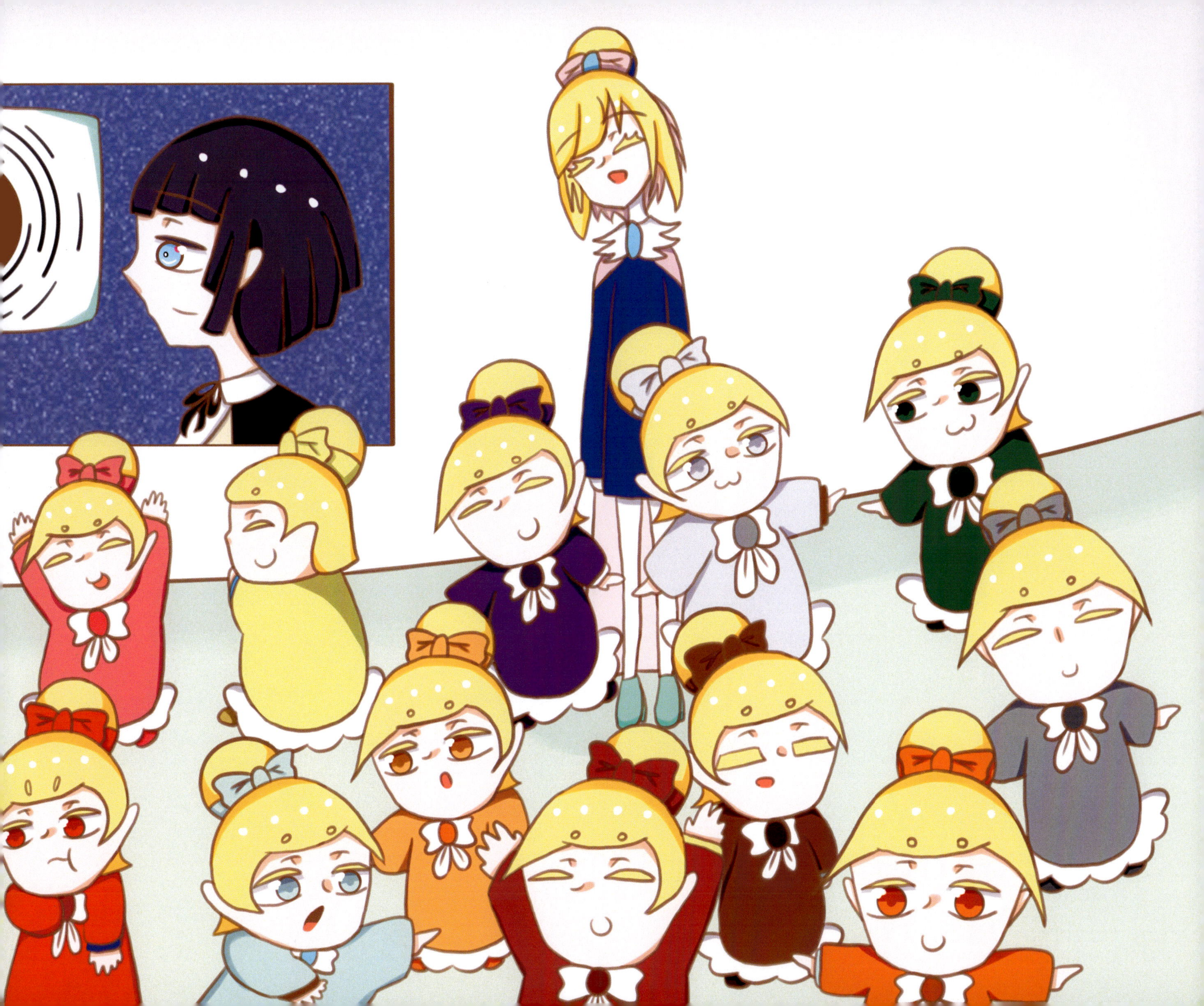

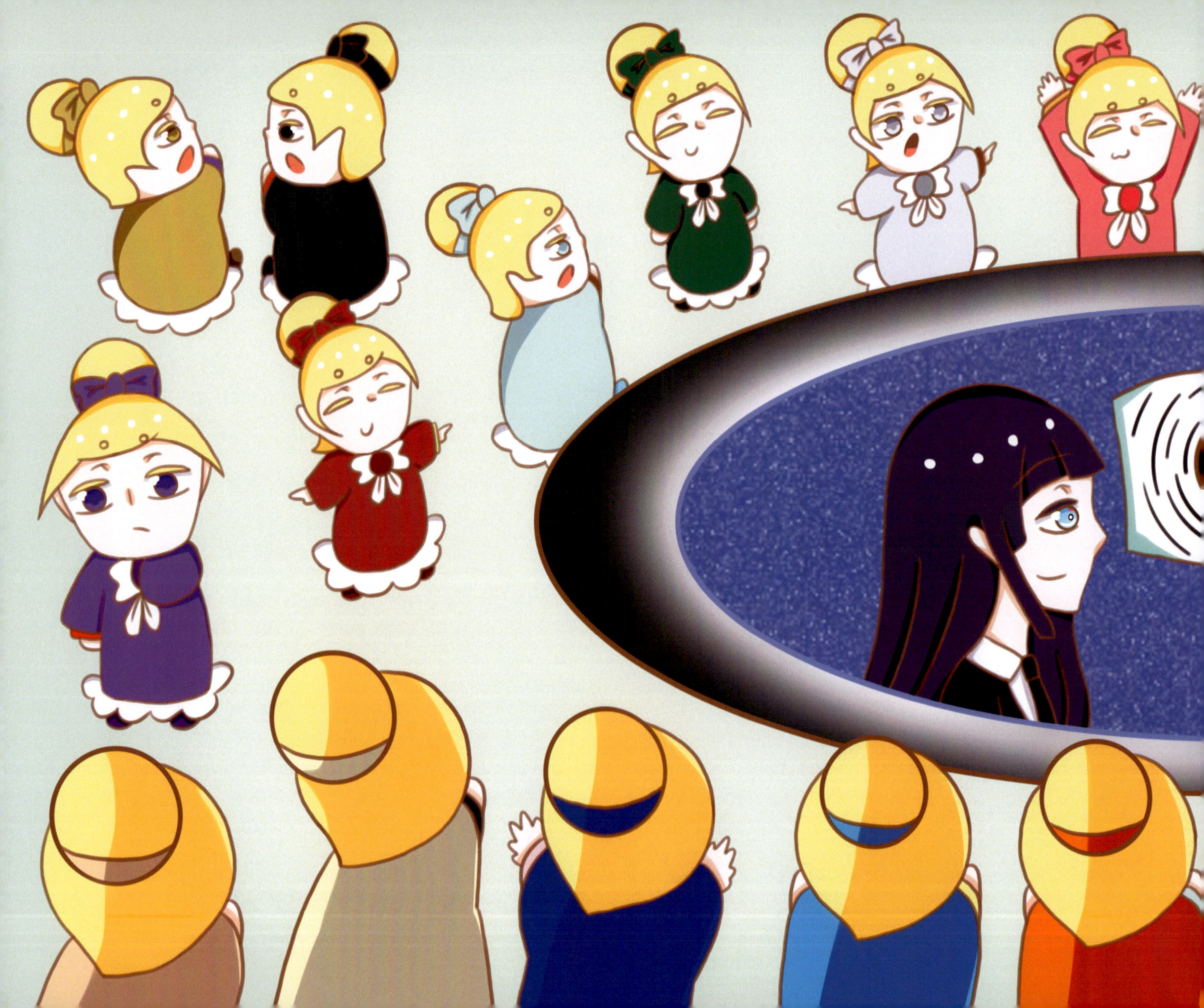

出發！再次步上旅程！
去到更高的時空！

忽然！小娜遇到了時空亂流！

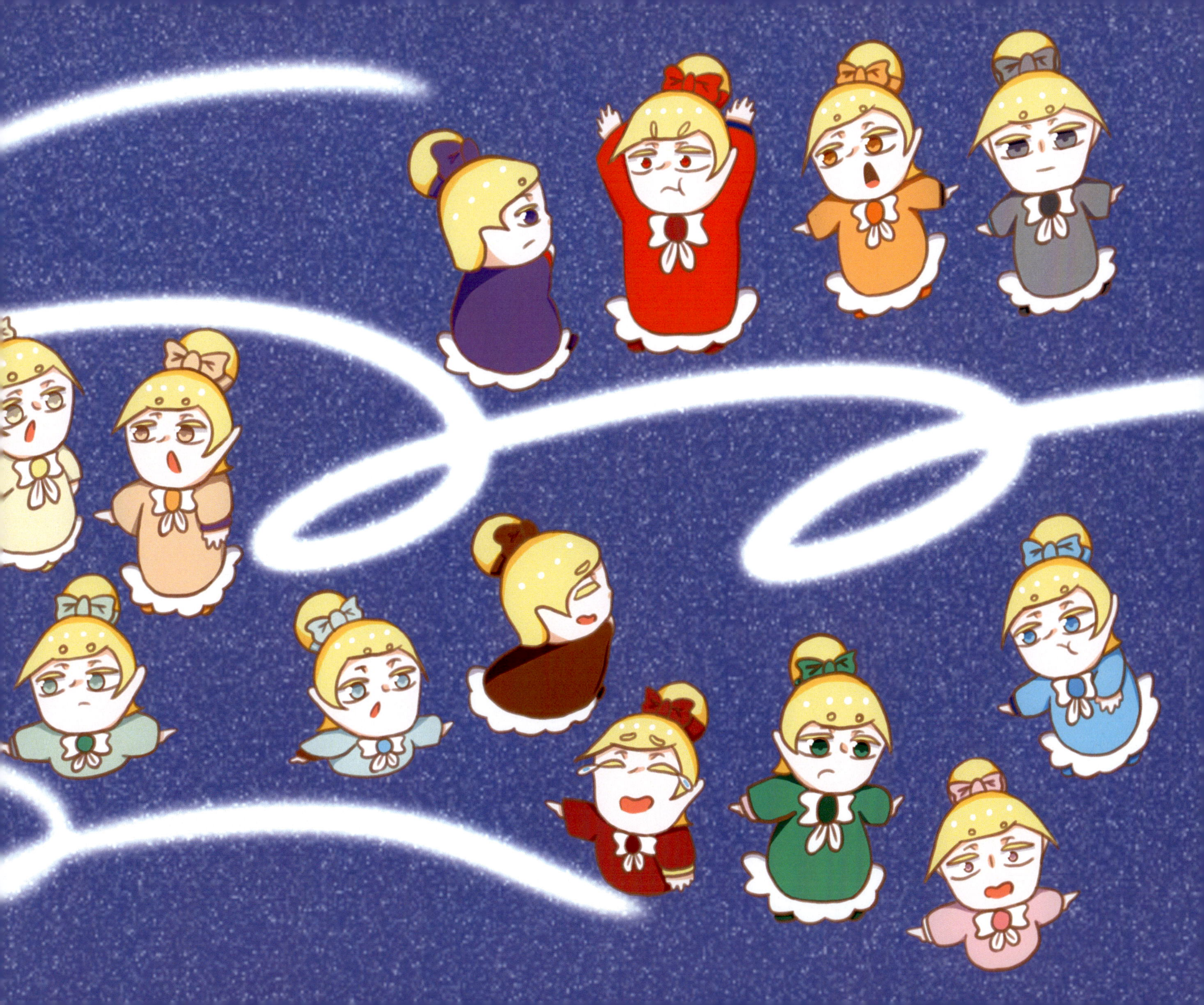

所有小娜都失散了！

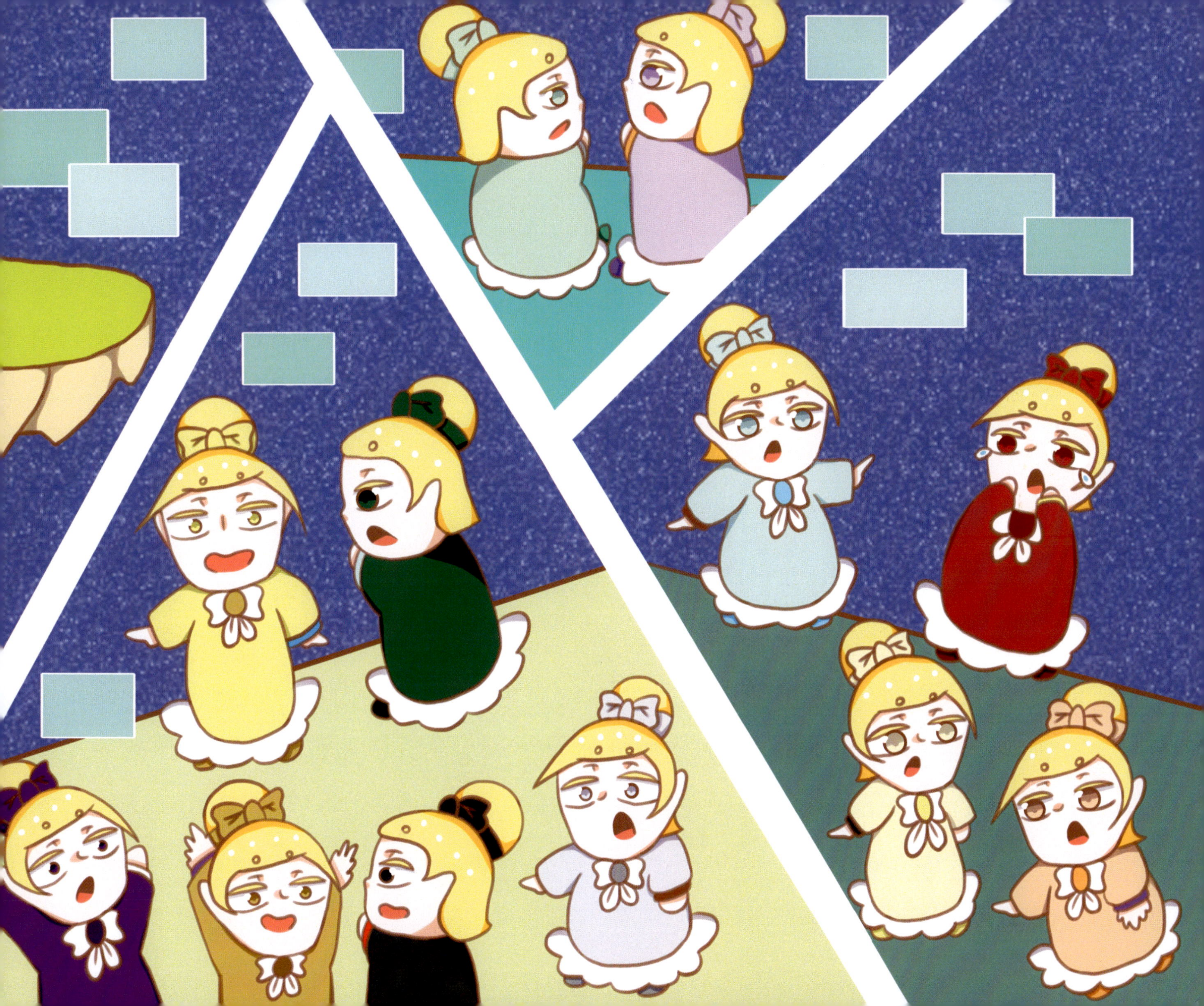

小娜們都非常害怕……

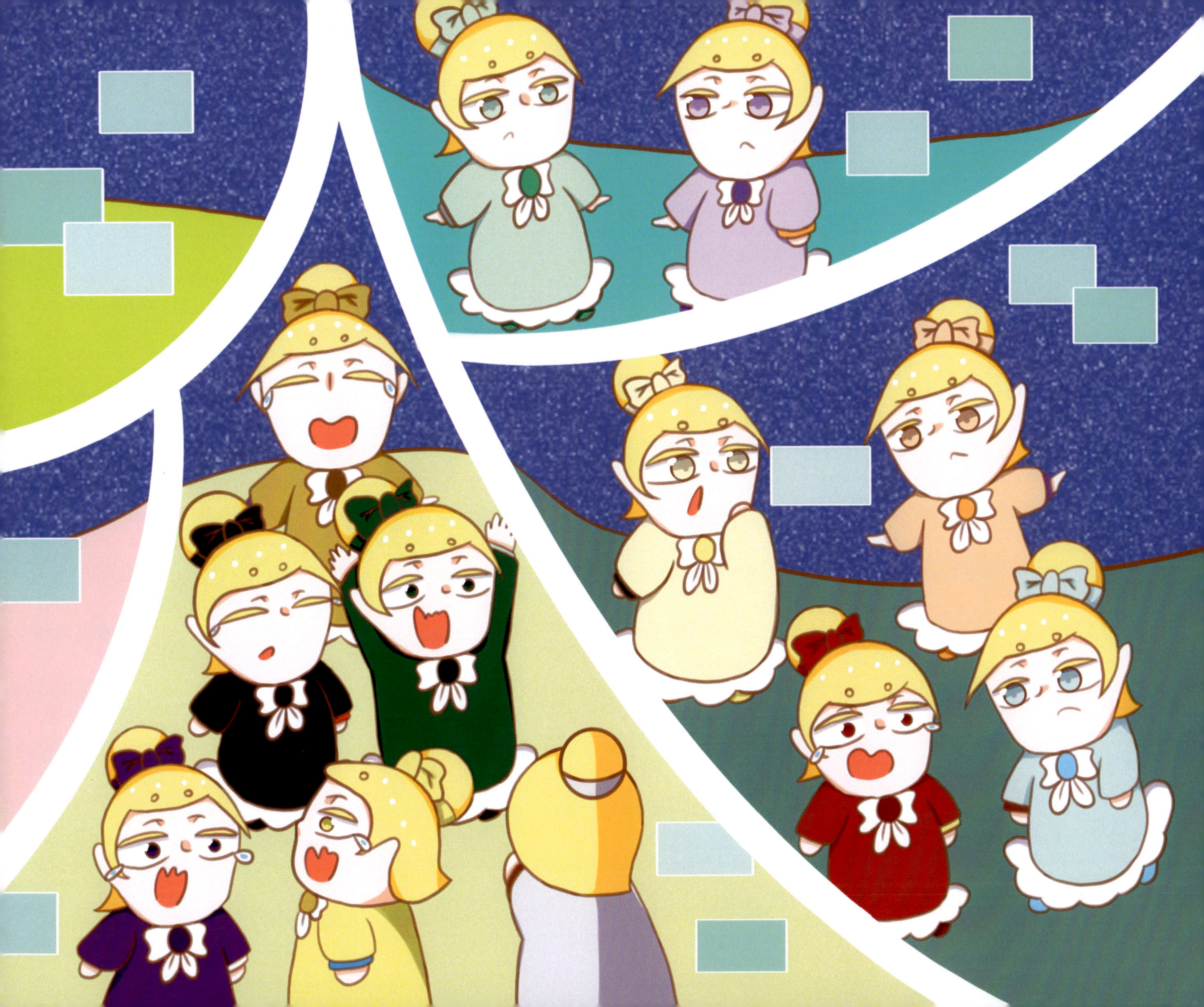

明明是開開心心的出遊，現在竟然失散了！小娜們該如何是好？她們會成功找回大家嗎？一起幫小娜加油吧！

作者簡介

作者 Kisana，本名于湄璇，畢業於真理大學台灣文學系。為了讓人也能看見綺麗的美夢，成為了繪本作家，不僅是想完成夢想，也是希望能帶給人們快樂，和啟發孩童的想像力。

少年文學家叢刊 A1307B003

魔法少女小娜（3）小娜的家人——那時的故事

作　　者	Kisana
責任編輯	于湄璇

發 行 人	林慶彰
總 經 理	梁錦興
總 編 輯	張晏瑞
編 輯 所	萬卷樓圖書股份有限公司

臺北市羅斯福路二段 41 號 6 樓之 3
電話 (02)23216565
傳真 (02)23218698

出　　版	萬卷樓圖書股份有限公司

臺北市羅斯福路二段 41 號 6 樓之 3
電話 (02)23216565

發　　行	萬卷樓圖書股份有限公司

臺北市羅斯福路二段 41 號 6 樓之 3
電話 (02)23216565
傳真 (02)23218698
電郵 SERVICE@WANJUAN.COM.TW

ISBN 978-626-386-195-4
2024 年 12 月初版
定價：新臺幣 980 元

如何購買本書：

1. 劃撥購書，請透過以下郵政劃撥帳號：

　帳號：15624015

　戶名：萬卷樓圖書股份有限公司

2. 轉帳購書，請透過以下帳戶

　合作金庫銀行 古亭分行

　戶名：萬卷樓圖書股份有限公司

　帳號：0877717092596

3. 網路購書，請透過萬卷樓網站

　網址 WWW.WANJUAN.COM.TW

大量購書，請直接聯繫我們，將有專人為您服務。客服：(02)23216565 分機 610
如有缺頁、破損或裝訂錯誤，請寄回更換

版權所有・翻印必究
Copyright©2021 by WanJuanLou Books CO., Ltd. All Rights Reserved　Printed in Taiwan

國家圖書館出版品預行編目資料

魔法少女小娜. 3：小娜的家人：那時的故事 / Kisana 文.圖. -- 初
版. -- 臺北市：萬卷樓圖書股份有限公司, 2024.12
　面；　公分. --（少年文學家叢刊；A1307B003）
　ISBN 978-626-386-195-4(精裝)

863.599　　　　　　　　　　　　　　　　　113016247